나는
…의
딸입니다

나는 …의 딸입니다

조 비테크 지음 권지현 옮김

씨드북

"사람들은 그들을

매춘부로 만들고

욕을 퍼부었다.

마치 부끄러움이

가해자가 아니라 피해자의 몫인 듯."

루이즈 미셸*, 《비망록》

---

* 프랑스의 여성 혁명가이자 무정부주의자(1830~1905).

나는 달리기를 사랑한다. 푸른 잔디 위를 혼자 달리는 걸 좋아한다. 잔디 트랙은 도시를 가로지르고 강을 따라가다가 숲으로 이어진다. 옛 철길을 정비한 이 길은 자전거 도로, 운동장, 연인들의 데이트 코스로도 쓰인다. 버려진 장소가 부활할 수 있다는 것이 좋다. 다시 태어날 수 있다는 것이 마음에 든다.

노인이 된 기분이다. 망가진 느낌.

내 또래 여자아이들과는 아주 다른 느낌.

내 이야기의 출발점, 내가 다른 여자아이들과 다르다는 느낌을 받았던 바로 그 순간으로 돌아가면, 언제나 똑같은 사진이 인화된다. 라일락 꽃향기가 가득한 날, 초록색 모슬린 원피스를 입은 엄마의 사진.

엄마가 신발을 사 준다며 나를 데리고 시내로 향했다. 엄마는 말했다.

언니 신발 사 줄게. 네 생일이니까.

저 멀리, 잘 차려입은 부인들이 다니는 화려하고 세련된 부티크가 보였다.

우리는 우아한 부인들에게 점점 다가갔다.

엄마도 우아했다. 엄마는 항상 옷에 신경을

썼다. 가벼운 화장과 빨갛고 검은 속옷만큼 옷이 중요하다고 여겼다. 이 기억의 시작에서, 나는 자랑스럽게 엄마의 손을 잡고 있었다. 천진난만하게 웃고 있는 평범한 아이. 사진에 분명히 나와 있다.

엄마랑 나는 고급 부티크의 문을 열고 들어갔다. 그 순간 모든 것이 얼어붙고, 모든 것이 깨졌다. 내 어린 시절은 거기에서 멈췄다. 환영의 날카로운 방울 소리가 울려 퍼지는 가운데에서.

우리는 손을 맞잡고 들어갔다.

여자 판매원 두 명이 입을 비죽거리며 우리에게 인사를 했다. 두 여자의 이 사이로 악의가 드러났다.

이때부터 모든 게 빨라졌다.

나이 지긋한 한 남자가 상점 뒤편에서 나와 엄마를 바라봤다. 짐승의 눈. 우두머리의 눈. 판매원들이 일렬로 서서 차렷 자세로 고개를 조아리게 하는 눈.

싫어!

나는 그의 늑대 같은 눈을 맞받아쳤다. 그가 미웠다. 본능이었다. 그를 미워해야 할 것만 같은 느낌이 들었다. 내게 그럴 권리가 있는 것 같았다.

엄마가 내 손을 놓았다.

무릎을 꿇고 내게 말했다.

얌전히 있어야 돼. 엄마 금방 올 테니까 구두 보고 있어. 마음에 드는 걸로 고르면 여기 언니들이 신겨 줄 거야.

엄마는 내 볼에 입을 맞추고 나를 버려두고

갔다.

그곳에.

나는 네 여자에게 둘러싸였고, 상점 뒷문이 엄마의 드러난 다리 뒤로 닫혔다. 나는 얌전히 있었다. 조용히 입을 다물었다. 구두를 신었다. 발이 아팠다. 엄마가 없다는 게 아팠다. 나는 상점 뒤편에서 끔찍한 일이 일어나고 있다는 걸 짐작했다. 파란 수염이 떠올랐다. 괴물, 피, 비명. 눈을 가리는 기억. 사진은 사라지고 두려움만 남았다.

네 살 때, 나는 모든 걸 이해했다. 물론 그걸 표현할 어휘는 없었다. 말은 그 이후에 왔지만 그 순간에 내가 이해했다는 건 알았다.

엄마는 남자들과 이상한 짓을 했다. 위험하

고 불편한 짓. 나를 불쌍하게 바라보는 판매원들의 눈빛에서 그것을 읽었다. *불쌍한 것. 가여운 것. 딱하기도 해라.* 불편함. 동정. 비난의 상처. 네 살 때 그 상점에서 나는 평범한 아이가 아니라는 걸 깨달았다. 엄마가 평범한 여자가 아니라는 걸. 사람들이 그 차이의 비싼 대가를 내게 치르게 한다는 걸.

상점 뒤편에서 나온 엄마는 머리가 헝클어져 있었다. 나는 빨간 에나멜 구두를 골랐다. 가장 아팠던 구두, 엄마의 입술 색을 꼭 닮은 구두를.

오늘 아침은 날이 춥다. 아니면 내가 으슬으슬한 건가? 정한 목표에 도달할 수 있을지 모르겠다. 그건 호흡이나 훈련의 문제가 아니다. 사기나 의지의 문제도 아니고. 오늘 아침이 내 인생의 방향을 결정하리라는 예감이 든다. 그걸 향해 달려야 하다니, 무섭다.

상점에서 돌아오자마자 나는 엄마의 삶으로 들어갔다. 나는 비밀스럽고 은밀한, 금지된 땅을 발견했다. 문을 밀고, 벽장을 열고, 대화를 엿들었다. 엄마의 땅에는 속삭임이 많다. 전화에서, 복도 사이에서, 벽 뒤에서. 가끔 소리도 질렀다. 특히 파벨이라는 남자가 찾아올 때 그랬다. 파벨이라는 이름과 그의 거인 같았던 몸이 기억난다. 손가락에 낀 반지들과 가죽 외투가 인상적이었던 그 남자 때문에 나는 두려움에 떨었었다. 엄마의 몸에서 멍 자국을 하나둘 발견하기 시작했고, 엄마의 어두운 눈이 가끔 허공을 응시하는 걸 봤다. 소리를 지르면 안 되고, 불평을 해서도 안 되고, 문 뒤에서 벌어지는 일에 대해 말하면 안 된다고 내게 말하는 엄마의 눈. 어리광 부리면 안 돼. 어린아이이면 안 돼. 그래서 내가 그렇게 빨리 컸나 보다. 엄마를 위해서. 엄마를 사랑하니까. 모든 걸 알게 된 순간 나는 어른들의 세계로 밀려들어갔다.

그 시절, 우리는 작은 방이 딸린 아파트에 살았다. 엄마는 손님들이 오면 그 작은 방에 틀어박혀 알 수 없는 짓을 했다. 나는 들락거리는 남자들을 봤다. 그들은 키도 제각각, 나이도 제각각, 피부색도 제각각이었다. 잘생긴 남자, 못생긴 남자, 싸구려 향수 냄새를 풍기는 남자, 지린내, 쩐 기름 냄새, 고무 냄새, 비린내, 오래된 종이 냄새, 땀 냄새를 풍기는 남자, 심지어 발효유 냄새를 풍기는 남자까지……. 나를 보고 웃고 지나가는 남자도 있었고, 못 본 척 그냥 지나치는 남자도 있었다. 뒤쪽 계단에서 복도 끝 작은 방까지 남자들이 가고, 오고, 담배 연기의 회오리 속에서 남몰래 증발하곤 했다. 그들은 계단을 까치발로 올랐다. 파벨만 예외였다. 쿵쿵거리는 부츠 소리가 그의 도착을 알렸다. 그의 발걸음 소리는 복도 바닥의 나무판이 삐꺽대는 소리와 함께 내 심장을 조여 왔다. 그 소리가 나면 나는 식탁 밑에 들어가 숨었다.

나는 엄마를 기다리기 일쑤였다.

집 안이나 복도에서 인형 놀이를 하면서. 텔레비전이나 그림책, 또는 끓는 냄비 앞에서, 나는 엄마가 일을 마치길 기다렸다. 엄마 일이야 하고 엄마는 말했다. 멀리서 보면 다른 사람들이 하는 일과 비슷한 일인 건 맞았다. 비명을 지르고,

화를 돋우고, 가끔 울게 만드는 일.

괜찮아, 한나. 세상의 모든 직업은 사람을 울려. 지쳐서 그런 거야. 그냥 지쳐서.

엄마가 그렇게 말하면 나는 그 말을 믿고 싶었다. 빵집 여주인이 일을 마치고 집으로 갈 때 고단한 여공들처럼 우는 것도 그 때문일 것이다. 나는 화려한 부티크의 판매원들도 우는지 궁금했지만 물어볼 용기가 나지 않았다. 엄마의 슬프고 멍한 눈 때문에. 어린아이였던 내 머릿속에는 수많은 의문들이 쏟아졌다. 저 복도 끝 작은 방에서 엄마는 도대체 뭘 하는 걸까? 왜 엄마 손님은 다 남자인 걸까? 엄마의 직업이 아저씨들의 고추와 관련이 있는 걸까? 그때가 다섯 살이었으니 아무것도 모르는 나이였고, 남자아이의 성기를 본 적도 없었지만, 그래도 그것을 떠올렸다. 아저씨들의 잠지는 위험할 것 같았다.

엄마는 '독립'한 다음부터 '사업'이 잘 굴러간다고 했다. 엄마가 말하는 독립에는 자부심과 뿌듯함이 배어 있었다. 엄마는 작은 고객 장부에 약속 날짜들을 적었고, 일요일마다 거실 탁자에서 장부를 정리했다. 지폐를 나란히 펼쳐 놓았다가 금속 상자에 넣었다. 저축을 하는 것이다.

너는 부족함 없이 키우고 싶어. 네가 다른 애들처럼 평범했으면 좋겠어. 아니, 다른 애들보다 더 훌륭해지길 바라. 그렇게 될 거야. 그렇고말고.

엄마가 내 미래를 얘기할 때면 항상 하는 말이다.

그렇게 될 거야. 그렇고말고. 널 기숙 학교에 등록

시켰어. 너도 이제 여섯 살이니까 읽기, 쓰기, 셈하기를 배워야지. 그러면 더 좋을 거야.

엄마는 중요한 일은 꼭 우크라이나어로 말했다. 그게 엄마의 모국어인데다가 엄마는 프랑스어를 잘하지 못했기 때문이었다. 그 시절에 나는 두 언어를 섞어 썼다. 하지만 이해했다. 읽고 쓰는 법을 배우는 일은 중요했고, 엄마가 날 기숙학교에 보내려는 건 날 위해서 그러는 거라고. 무엇으로부터인지는 잘 모르지만 나를 보호하려고 그러는 거라고.

나는 새벽의 잔디 트랙을 사랑한다. 특히 아직 어둠이 가시지 않은 겨울날에 전속력으로 달릴 때가 좋다. 티티새의 아름다운 노랫소리, 비둘기의 구구구 우는 소리, 낙엽이 바스락거리는 소리를 유일한 벗으로 삼으며 얼음장처럼 차가운 새벽을 혼자 달리는 건 꽤 매력적이다. 내 숨소리를 듣는 것도 좋아한다. 해를 거듭할수록 거리를 늘려가면서 연습한 덕분에 고르게 쉴 수 있게 된 숨. 이 상태로 열두 살부터 얼마나 긴 거리를 뛰었을까? 아마 수천 킬로미터는 족히 될 것이다. 언제 한번 재미 삼아 계산을 해 봐야겠다. 나도 언젠가 재미있게 살아야지.

내가 엄마의 직업에 결정적이고 충격적이며 끔찍한 단어를 붙이기 전에 대명사 '그것'이 나에게 설명했다. 너희 엄마 직업, 그거잖아. 저 여자, 그거잖아. '그거'란, 동네의 다른 엄마들이 그들 자식과 노는 나를 보며 말할 때 하는 행동으로 보아 뭔가 알 수 없고 추한 것이었다. *내 동네에서 그거는 안 되지. 우리 동네에서 그거는 안 돼. 꺼져! 그 짓은 딴 데 가서나 하라고! 그 딸내미도 다른 데 가서 놀고!* 그래서 나는 다른 곳으로 갔다. 4년 동안 엄마와 떨어져 다른 곳에서 읽기를 배웠다.

그것.

동네 사람들의 격분한 목소리로 보아 그건 아마 끔찍한 일일 것이다.

항상 등 뒤에서 들려오던 말. 내 엄마는 사람

들의 시선, 빵집, 학교, 도서관, 모두의 삶에서 멀리 떨어진 곳에서 일어나는 그 무엇을 한다. 하지만 나는 살금살금 계단을 올라오는 남자들이 낯선 사람이 아니라는 걸 알고 있다. 엄마처럼 러시아 억양이 있는 파벨이라는 남자만 빼고 손님들은 당연히 동네 사람들이다. 그들은 복도 끝 방에 자주 온다. 단골이다. 여섯 살인 나도 뭔가 잘못되었다는 걸 알았다. *우리 동네에서 그건 안 되지!* 사람들은 모두 화를 냈지만 나는 엄마에게 줄을 서서 찾아오는 남자들이 동네 사람들이라는 것을 안다. 한번은 길거리에서 알아본 남자도 있다. *엄마, 저기 봐봐! 저기! 엄마 손님이야!* 나는 신이 났지만 엄마는 그 자리를 황급히 피하려고 내 팔을 아플 정도로 잡아당겼다. 엄마는 내가 입을 다물기를 바랐다. 그래서 그날 나에게 아픔을 줬다. 돌이켜 보면, 엄마가 왜 몇 년 동안 나를 멀리 보냈는지 알 것 같다. 그것으로부터, 나를 둘러싼 거짓으로부터, 나를 보호하기 위해서였다.

처음엔 5~6킬로미터를 일주일에 두 번씩 달리다가 조금씩 거리와 횟수를 늘렸다. 그럴수록 내 숨과 고통도 커졌다. 몸을 고문하는 것과 부질없는 목표가 정신에 좋았다. 오늘은 10킬로미터. 내일도 똑같이, 다만 더 빠르게. 초시계를 샀다. 나는 달리기로 현재로부터 달아나는 것일까? 아니면 미래를 향해 용기 있게 질주하는 것일까? 아무튼 길 위에 서면 시간을 벗어난 느낌이다. 마치 외부와 차단된 비눗방울에 들어가서 나 자신과 맞대면하는 듯하다. 내 호흡과 내 근육이 나누는 대화, 내 생각과 내 의지가 벌이는 '전투' 같다. 나는 달릴 때마다 나를 향해 달린다. 그렇다. 이 길 위에서 나는 아무도 속이지 않는다. 달리다 보면 조금씩 고요가 찾아온다.

> 성 : 소볼레프
>
> 이름 : 한나
>
> 아버지의 직업 : 사망
>
> 어머니의 직업 : 종업원
>
> 국적 : 프랑스
>
> 부모의 국적 : 우크라이나인 어머니

학년 초가 되면 학교에서는 어김없이 가정 환경 조사서를 써 오라고 하고, 그때마다 나는 구역질이 났다. 다 찢어 버리고 난장판을 벌이고 싶고 테러를 저지르고 싶었다. 나에게는 선택의 여지가 없었다. 나의 공식 가정 환경 조사서는 내 얼굴에 침을 뱉는다.

내 이름은 한나 소볼레프. 프리랜서 성매매 여성인 올가 소볼레프의 딸이다. 말하자면 창녀의 딸이다. 나는 욕설이다. 세상에서 가장 심한 욕. 아이들이 미워하는 친구에게 손쉽게 내뱉는 욕. *갈보의 딸! 네 엄마는 똥갈보야!* 갈보는 타인, 얼굴 없는 괴물이다. 상처를 입히는 여자, 더럽히는 여자, 그 누구도 본 적이 없다고 부정하는 여자. 우리가 거리에서 마주치는 자매, 친구, 어머니는 갈보가 아닌데 학교 운동장에는 똥갈보의 자식들이 아주 많다. 딸보다는 아들에 더 많이 붙여 쓰는 욕, 똥갈보. 딸한테 붙이면 욕이 덜 되기라도 하듯이. 여자아이에게 붙이면 더 욕이 되는걸. *불쌍한 것. 엄마 닮아가지고……*. 뭐라고? 내 이마에 갈보의 딸이라고 적힌 거라도 봤어? 내가 선생님 면전에 이 말을 내뱉으면 교실에 태풍이 불어닥치겠지? 가끔 웃음이 나기도 한다. 사실 나는 조용한 아이다. 우등생인 나는 천박함을 싫어한다. 그런데 해마다 유선 노트에 정성 들인 글씨체로 거짓말을 늘어놓는다. 아빠의 부재를 설명할 때 죽었다고 하는 게 살아 있다고 하는 것보다 더 간단하다. 종업원은 엄마의 공식적인 직업 명칭이다. 내가 기숙 학교에서 돌아와 엄마와 다시 살기 시작했을 때 내 초등학교 생활을 경험했던 엄마가 제안한 사회적 위장이다. 그때 나는 열한 살이 되었고, 우리는 변두리 작은 아파트에서 살았다.

    엄마는 술집에서 야간 종업원으로 일해, 한나. 월급 많아. 중학교 가면 아침에 혼자 일어나야 해.

거짓말은 완벽하지 않은 프랑스어로 전해졌다. 엄마는 내게 선택권을 주지 않았고, 나는 딸이기 때문에 받아들여야 했다. 나는 친한 친구들도 모르게 하려고 신경을 썼다. 그건 피곤한 일이다.

나는 5년 동안 불법 체류자로 살았다. 태어난 땅에서 이방인으로 살아야 하다니…… 견딜 수 없다. 모든 걸 숨기려니 죽을 지경이다. 새벽에 엄마가 황폐하고 지친 상태로 술에 절어 들어오는 모습을 보자니 죽을 것만 같다. 엄마는 가끔 엄마 냄새를 풍기지만 사내들의 체취, 거리 냄새, 자동차 냄새, 공중 화장실 냄새를 묻히고 돌아온다. 담배꽁초 냄새, 술 냄새, 대마초 냄새, 땀 냄새, 거짓말 냄새, 돈의 악취, 불법 거래의 악취,

돈을 받고 한 그 짓의 악취, 추위와 경찰을 피하기 위한 달리기 냄새. 수치심에는 냄새가 있다. 가난도 마찬가지다. 그것이 내 엄마의 냄새였다. 하지만 엄마는 멋을 부리고 우아한 자태를 자랑한다. 엄마의 직업에서 악취가 나는 것이다. 인간들의 비겁함이 악취를 풍긴다. 몇 초간의 사랑을 위해 돈을 내는 남자들이. 그리고 자기들 집 앞에서 벌어지는 추악한 거래에 눈을 감아 버리는 이웃 사람들이. *그 짓은 딴 데 가서 하라 그래!* 우리 엄마는 깨끗하다. 엄마는 내가 공부도 잘하고 부족한 것이 없도록 최선을 다한다. 우리 엄마도 다른 엄마들이랑 똑같아! 선생님들에게, 학교 친구들에게, 온 세상에 그렇게 외치고 싶다. 우리 엄마는 몸을 팔아. 그래, 그건 사실이야.

하지만 난 엄마를 사랑해! 나는 엄마가 자랑스러워! 엄마는 많은 일을 겪었고, 지금도 겪고 있음에도 나에게 사랑을, 많은 사랑을 줄 줄 알기 때문이야. 세상 사람 전부가 자기 부모에 대해 이렇게 말하지는 못할걸? 점잖은 사람들일지라도. 그래, 난 엄마를 사랑해. 엄마가 자신은 단 한 번도 받아 본 적이 없는 걸 내게 주었기에.

엄마는 내가 씻지도 않고 화장도 안 한 채 추리닝 바지에 모자, 운동화를 신고 나가는 모습을 보고 놀린다. 가끔 새벽에 엄마랑 부엌에서 마주칠 때면 우리 둘 다 웃음이 터진다. 엄마는 잠자러 가기 전에 마지막 담배를 하나 피워 물고 있고, 나는 이미 나의 하루에 집중한 채 신발 끈을 묶는다. 엄마는 내가 그렇게 차려입고 남자아이에게 말을 걸리라고는 생각하지 않는다. 잘못 생각한 거야, 엄마. 그 점에서는 엄마가 틀렸다.

나의 이야기는 내가 태어나기 한참 전에 시작되었다. 누구나 그렇지만, 매춘부의 딸로 태어나면 꽤 많은 질문을 스스로에게 던지게 된다. 열세 살이 될 때까지는 정확한 답을 찾지 못했다. 이야기의 시작도, 아빠도, 성도, 가족도, 사진도, 증언도 없었다. 아무런 설명도 없이 밤에 나갔다가 들어오는 엄마밖에 없었다. 나는 그렇게 비밀과 암묵 속에서 살았다. 그리고 그것을 견뎠다. 그러던 어느 날, 생리가 시작되었다. 그것이 침묵을 깨뜨렸다. 이유는 모르겠지만 생리를 한다는 게, 그리고 가족의 역사를 모른다는 게 두려웠다.

문득 그게 유전되는 건 아닐까 생각했다. 여자가 되었으니까 언젠가 나도 할 수 없이 남자들을 손님으로 받아야 하는 게 아닐까? 나는 불안에 떨다가 어느 날 저녁, 마음을 먹었다. 침묵의 자물쇠를 깨고 가족의 비밀 상자를 열어야 한다고.

열세 살, 생리를 시작한 나. 엄마가 일을 마치고 돌아왔다. 나는 커피를 만들었다. 크루아상을 사다 놓고 엄마가 식탁에 앉기를 기다렸다. 엄마는 지쳐 있었다. 밤을 샌 그 눈이었다. 엄마는 식탁에 앉아 구두를 벗고 담배에 불을 붙였다.

우리 딸, 나한테 안 좋은 얘기할 거 있니?

엄마는 의심했다. 눈에 눈물이 차올랐다. 엄마가 예뻐 보였다. 나를 바라보는 엄마의 방식, 나를 사랑하는 엄마의 방식. 손님과 밤을 보낸 뒤에도 엄마는 아주 아름다웠다. 어디서부터 시작해야 할지 몰랐다. 엄마와 둘이서 그것에 대해

애기를 나눈 적이 한 번도 없었다. 그래서 그냥 *나 알고 있어* 했다. 엄마는 이해했다. 엄마도 내가 안다는 걸 알았다. 우리는 서로를 바라보았다. 그리고 서로 얼싸안았다. 우리는 서로 사랑한다. 그게 가장 중요했다. 그뿐이었다. 하지만 나는 엄마를 더 잡아 두었다. 그리고 내 침대 머리맡에 항상 두었던 사진을 내밀었다. 우크라이나에서 보낸 어린 시절의 유일한 추억. 금발에 볼이 발그레한, 예쁘고 방실방실 웃는 처녀의 흔적. 처녀는 전통 의상을 입고 강 앞에 서 있었다. 울긋불긋한 모자와 붉고 노랗고 초록인 꽃을 자수로 놓은 드레스. 사진 뒷면에는 올가, 열네 살, 부활절 기념 마을 축제에서라고 적혀 있다. 나는 그때부터 무슨 일이 있었는지 말해 보라고 다그

쳤다. 우크라이나 카르파티아산맥의 웅장한 자연공원과 숲에 둘러싸인 마을, 신앙이 깊은 농촌 마을에서.

어떻게 그 매력적인 사춘기 소녀가 4년 뒤에 프랑스에 살게 되었을까? 심지어 엄마, 매춘부, 무일푼이 되어서? 엄마는 벌떡 일어나서 잠의 세계로 도망치려 했다.

오늘 밤은 힘에 부치는구나. 오늘 밤은 아니야.

나는 고집을 부렸다. 나는 엄마를 심각한 표정으로 바라봤다. 어른으로서. 여자 대 여자로. 엄마는 다시 자리에 앉아 또 담배에 불을 붙였다.

엄마의 이야기는 강간으로 시작했다.

그렇게 엄마는 이야기를 시작했다. 러시아어로.

삼촌이 나를 범했어. 열 살에 시작됐지. 좀처럼 멈

추질 않았어. 아무도 몰랐지. 아무도 알고 싶어 하지 않았어. 아빠는 자기 동생이 그런 짓을 했다는 걸 알았다면 나를 팼을 거야.

어느 날 엄마는 소리 지르기를 멈췄다. 몸부림을 치지도 않았다. 엄마의 삼촌이 엄마의 몸을 신발 흙털이처럼 써도 내버려 두었다. 시간이 빨리 가도록 아무 말도 하지 않았다.

원하는 걸 갖고 빨리 꺼져!

엄마는 열 살에 이미 남자들에 대해 이런 생각을 가졌다. 일찍이 엄마를 여의었던 엄마는 다섯 명이나 되는 동생들을 거두어야 했다. 아이들 목욕도 시키고 배곯지 않도록 하는 등 집안을 보살피기 위해 최선을 다했다. 그게 전부였다. 그것이 사춘기 시절 엄마의 인생이었다. 가난, 더

러움, 폭력. 아이들과 아버지를 먹이고, 아버지의 고함과 손찌검을 견디고, 삼촌의 거친 숨을 눈을 질끈 감고 참는 것.

엄마는 마을에서 열린 무도회에서 한 남자를 만났다.

외국인이었다. 처음 보는 낯선 이였다. 남자는 착해 보였다. 그는 엄마에게 관심을 보였고, 엄마는 혼이 빠질 정도로 그가 좋았다. 남자는 엄마가 아름답다고 칭찬했고, 엄마에게는 미래가 있다고 말했다. 낭만적인 파리의 거리와 엄마가 종업원으로 일할 수 있는 화려한 레스토랑을 얘기했다. 하룻밤의 꿈같은 이야기. 엄마는 남자의 팔에 매달려 춤을 추다가 그와 함께 무도회장을 나왔다. 나는 엄마에게 그 남자의 이름이 뭐냐고 물었다. 엄마는 이름은 잊어버렸다고 대답했다. 엄마의 표정이 굳어졌다. 엄마는 담배를 연신 피워 대며 이야기를 이어 나갔다. 나는 커피를 다시 끓였다. 엄마는 건실해 보이는 그 남자와 함께 자동차를 타고 도망쳤다. 그리고 다시 기차를 타고 국경을 건넜다. 남자는 자상했다. 여행 도중에 엄마는 아빠에게 돈과 여권, 그리고 마음을 맡겼다. 엄마는 에펠탑 밑에서 웨딩드레스를 입고 서 있는 자신의 모습을 상상했다. 그러던 어느 날 밤, 엄마는 침대 다리에 밧줄로 몸이 묶였다.

로맨틱한 여행의 끝. 엄마는 자상한 남자를 다시 보지 못했다.

그리고 고통의 방에서 깨어났다. 닫힌 덧문,

불결한 침대, 바닥에 뒹구는 쓰레기. 무섭고 거칠고 힘센 남자들이 엄마에게 따귀를 갈기고 주먹질을 했다. 주사를 놓기도 했다. 엄마는 의식을 잃었다. 정신을 차리면 남자들이 고함을 지르고 때리고 모욕했다. 이따금 친절하기도 했다. 엄마는 그 악몽을 처음엔 잘 이해하지 못했다. 다른 여자들이 엄마에게 설명해 주었다. 점잖아 보였던 그 청년이 엄마에게 약을 먹이고 팔아 버린 것이었다. 엄마는 물건이 되었다. 파벨이라는 남자의 소유물이 되었다. 가죽 외투를 입은 남자가 그리고 나는 확신했다. 하지만 엄마의 말을 끊지 않으려고 가만히 있었다. 엄마는 불법으로 만든 '훈련소'에 갇혔다. 노예와 매춘의 훈련소. 지옥. 슬로바키아였나? 폴란드? 알바니아? 이탈리아?

엄마는 알 수 없었다. 파벨은 엄마와 같은 언어를 썼다. 엄마는 방을 드나드는 다른 남자들이 하는 말은 알아듣지 못했다. 엄마는 입을 다물고 버텼다. 그들이 빨리 끝내길. 원하는 걸 하고 빨리 꺼지길. 남자들은 많았다. 그들은 밤낮으로 엄마의 몸 위로 행군했다. 몇 명이었느냐고? 엄마는 알 수 없었다. 놈들이 마약을 주사해서 겨우 의식이 붙어 있는 상태였다. 그 또한 '훈련'의 일부였다. 가축처럼 훈련 받고 짐승처럼 침묵과 헌신을 강요받았다. 어느 날, 파벨은 엄마가 준비를 마쳤다고 선언했다. 엄마는 그게 무슨 말인지 알았다. 그리고 그가 옳다고 생각했다. 엄마는 헤로인 중독자였다. 공포에 질렸고, 정식 서류가 없었으며, 생각도 없었다. 엄마는 물건이 되었다.

파벨은 *교통비에 숙박비, 식비까지 나한테 오만 유로 빚진 거야. 그러니까 일 열심히 해서 빚을 갚아, 올가, 너한테는 이젠 아무도 없어, 내가 너의 유일한 친구이자 유일한 가족이야, 날 실망시키지 마!* 하고 말했다.

엄마는 선팅된 자동차에 태워져 파리로 옮겨졌다.

엄마가 품었던 꿈의 종착지는 지옥으로 변했다. 포르트 생-마르탱에서 빨간 가죽 미니스커트를 입고 갈보처럼 화장하고 갈보처럼 안개 쌓인 눈 위를 걸었다. 그때가 열일곱 살이었다. 손님들이 끊이지 않았다. 엄마는 예쁘고 동유럽에서 온 여자, 환상이었으니까. 그리고 아무도 '작은 러시아 여자'가 왜 그렇게 몸을 떠는지 묻지 않았다. 엄마는 그때의 기억이 거의 없다고 했다.

그저 추위와 마약, 늘 엄마를 감시하던 파벨의 부하들만 기억할 뿐. 파벨의 부하들은 새벽에 멋진 차 뒤에 서서 돈을 바치러 오는 여자들을 하이에나처럼 기다렸다. 남은 돈으로는 여자들에게 마약을 사게 했다. 짭짤한 사업이었다. 21세기에 육체적, 정신적 노예라니! 나는 소리를 지르고 싶었다. 나에 관한 이야기는 견딜 수 없을 지경이다. 그 이야기를 더 듣고 싶은지 내 마음을 잘 몰랐다. 부엌에서 엄마는 내 손을 잡았다. 엄마는 입가에 미소를 띠우며 말을 계속 이어 갔다.

그러다가 네가 생겼어. 다행히도.

엄마는 내가 엄마의 목숨을 구했다고 말했다. 만약 내가 없었다면 헤로인을 절대 끊지 못했을 거라고. 임신했다는 걸 알았을 때가 육 개월에

접어들어서였다. 낙태하기엔 이미 늦었다. 그래서 엄마는 임신한 배에 매달리기로 했다. 배 속에서 자라고 있는 작은 생명에. 고객의 아이에. 아빠는 없었다. 아빠는 중요하지 않았다. 엄마에게 좋은 말을 해 주는 남자는 한 명도 없었으니까. 엄마의 나이를 묻는 사람도 없었고, 도와주겠다거나 심지어 차 한 잔을 권한 사람도 없었다. 모두가 올가 소볼레프를 무시했다. 사회 전체가 밤낮으로 남자들과 악당들의 욕망에 내몰려 도시를 배회하는 소녀들을 나 몰라라 했다. 하는 수 없었다. 엄마는 조금 겁에 질렸지만 뭘 해야 하는지 알았다. 생존이 첫째였다. 나를 위해서. 나에게 생명을 주기 위해서. 엄마는 몸을 떨고 구토를 했다. 금단 현상이었다. 온몸이 쑤셨지만 주저앉지 않았다. 겁이 사라졌다. 배 속에서 꿈틀거림이 느껴졌다.

네가 내 목숨을 살렸어.

엄마가 부엌에서 한 말에 나는 혼란스러웠다. 몰랐다. 아무것도 모르고 있었다. 엄마는 지친 몸으로 말을 이어 갔다.

짐을 쌌단다.

엄마는 택시에 몸을 던져서 아침 첫 기차를 탔다. 서쪽으로 가다가 루아르-아틀랑티크에 도착했다. 그곳에서 내가 태어났다. 지방의 한 도시에서. 엄마는 열여덟 살이었고 친구도 학위도 없었다. 프랑스어로 겨우 의사소통을 할 정도였고, 나에게 분유, 기저귀, 폭신한 침대, 인형, 그리고 집을 마련해 주기 위해서 엄마는 다시 거리로 나섰다. 이번에는 '프리랜서'로. 자유롭게 일하는 것은 엄마의 자랑거리였다.

나는 엄마의 매춘부 친구들 사이에서 자랐다. 스테파니아, 아니타, 마리아. 모두 러시아 여자에 성매매 사업망의 희생자였다. 집으로 돌아갈 수도 없고 돌아가면 상황이 더 악화되는 여자들. 그럼 파벨은? 내가 어렸을 때 왜 파벨이 다시 엄마를 찾아오곤 했을까? 가죽 외투의 사나이. 포주들의 포주, 내 엄마를 매춘부로 만든 남자.

그가 날 찾아냈어.

엄마는 침실로 가기 전에 간단하게 이유를 설명했다. 엄마는 내 볼에 입을 맞추며 말했다.

걱정하지 마, 파벨은 죽었으니까. 아무것도 걱정할 것 없어.

아무것도 걱정할 것 없어.

엄마들이 하는 말. 철벽같은 보호. 엄마가 최선을 다했음을 나는 안다. 나를 위해 목숨까지 걸었음을. 하지만 나는 두렵다. 사람들의 시선이. 나의 존엄성을 잃지 않고도 내 이야기를 할 수 있을까?

20킬로미터. 약속 장소로 가기 전에 내가 뛰고 싶은 거리다. 시간은 늦지 않았다. 아무런 목표 없이 20킬로미터를 두 시간도 안 되어 뛰어 본 적이 있다. 가는 데 한 시간, 반환점, 오는 데 한 시간. 그런데 오늘 나의 최종 목적지는 얼굴도 있고 이름도 있다. 반환점은 없다. 나는 그를 알고 있고 그를 원하고 있다. 그것이 얼음장 같이 차가운 이 새벽에, 아직 뜨지 않는 날의 시작점에서 나를 지탱한다.

욕이란 욕은 동네에서 다 들었다. 그 일은 어떻게 해서든 결국 알려졌고, 그 때문에 심심찮게 이사도 다녔다. 네 엄마가 정말 몸을 파는 여자냐고 처음 물어온 건 내가 열한 살 때였다. 한 대 치고 싶었다. 죽이고 싶기까지 했다. 칼을 들고 가서 낄낄거리는 사람들의 피를 보고 싶었다. 나는 엄마를 위한 정의의 수호자가 되고 싶었다. 하지만 그냥 내버려 두었다. 발끈하며 *무슨 소리야? 우리 엄마는 식당 종업원이야!* 하고 말하고 자리를 떠나는 게 다였다. 처음에는 그게 통했다. 그렇게 벗어났다고 생각했다. 그러던 어느 날 내가 틀렸다는 걸 알았다. 그때가 열두 살이었다.

유행하는 짧은 치마를 입고 간 날이었다. 그 시절 여자애라면 누구나 입었던 미니스커트였다.

거기에 레깅스와 방한화 스타일의 큰 부츠를 신었다. 친구들보다 옷차림이 더 야한 것도 아니었다. 그냥 그런 게 유행이었다. 그런데 나는 갈보의 딸이었고, 그건 용서되는 일이 아니었다. 어느 날 저녁 학교를 마치고 집으로 가고 있는데 동네 남자애들 한 무리가 나를 구석으로 몰아넣었다. 네 명이었다. 나는 놈들이 다가오는 걸 눈치 채지 못했다. 넷이서 나를 한꺼번에 에워싸서 도망가지 못하게 막았다. 골목에는 아무도 없었다. 무서웠다. 모든 게 순식간에 일어났다. 넷 중 키가 가장 큰 놈이 다가왔다. 놈은 나를 잡아먹을 듯이 혀를 내밀었다. 나는 고급 상점의 판매원을 다시 떠올렸다. 구역질이 났다. 처음엔 놈들의 말이 칼처럼 배에 꽂히는 것 같았지만 이내 아무 소리도 들리지 않았다. *어이, 예쁜이, 미니스커트! 미니 똥갈보라 미니스커트야? 우리한테 얼마 받을래? 네 엄마처럼 너도 끝내주냐?* 그날 당한 일은 차마 입에 담지 못할 정도다. 충격적이다. 외설적이다. 18세 미만은 관람 불가다. 하지만 내 나이가 얼마였는데? 겨우 열두 살이었다! 약하디약한 여자아이를 보호해 줄 사람은 아무도 없었다. 성폭력에서 나를 보호해 줄 사람은 아무도 없었다. 네 놈의 짐승 같은 욕망에서 나를 보호해 줄 사람은……. 이 세상에는 그런 짐승 같은 놈들이 널렸다. 놈은 손으로 내 머리를 쓸어내렸다. 몸을 낮춰 내 얼굴, 다시 내 가슴으로 내려갔다. 놈이 손으로 입을 막았을 때에야 끝장이란 걸 깨달았다. 그래서 나는 비명을 질렀다. 엄청나

게 큰 비명을. 그게 내 목소리라는 게 놀라웠다. 조무래기들을 두려움에 떨게 할 포효였다. 멀리서 사람들이 달려왔다. 놈은 나를 바닥으로 넘어뜨리고 질렸다는 표정으로 침을 뱉었다. *다시 널 막다른 골목으로 데려갈 거니까 기다려, 이 년아! 그땐 소리 지르게 놔두지 않을 거야.*

나는 정신을 차렸다. 놈들은 자리를 떴다. 구경꾼 몇이 조심스럽게 다가왔다. '의사,' '경찰,' '고소'라는 단어가 들렸다. 나는 자리에서 일어나 괜찮다고 말했다. 아니오, 고맙습니다. 동정은 사양해요. 가난도 거부해요. 운명도 거부해요. 나는 사시나무 떨듯 떨며 집으로 달려갔다.

문을 열쇠로 잠갔다.

그리고 몸을 씻었다. 피가 날 때까지 살을

문질렀다. 수치심을, 공포를, 천박함을, 야만을 씻어냈다.

따뜻한 커피를 마시고 나는 생각에 잠겼다. 어떻게 나를 보호할 수 있을까? 내가 창녀의 딸이라는 이유만으로 내 몸을 성적 노리개로 삼는 자들을 어떻게 피할 수 있을까? 답이 없었다. 그래서 달리기를 시작했다.

그것은 본능이었다. 나를 구하려는 행위였다.

나는 내 존엄성을 지키려고 뛰었다. 이 세상에 하나밖에 없는 나라는 존재를 느끼려고 뛰었다. 존재하려고 뛰었다. 챔피언의 정신 상태를 주입시키고 강한 근육질의 단련된 몸을 만들었다. 남이 짓밟지 않는 몸. 남이 더럽히지 않는 몸. 남이 지배하지 않는 몸. 내 몸이 온전히 나에게

만 속하게 하려고 뛰었다. 내 욕망이 온전히 나의 것이도록. 사람들의 시선을 걱정하지 않고, 사람들, 특히 남자들의 시선에 얽매이지 않고 자유롭게 걷기 위해 뛰었다. 나는 나의 방어책을 찾았다. 달리기, 사생활 드러내지 않기, 남의 눈에 띄지 않고 공부하기. 그것만이 나의 구원이었다. 매춘부의 자식에 대한 사람들의 잔인함으로부터 나를 보호할 유일한 방법이었다.

왼쪽 발목이 버텨 줘야 할 텐데……. 얼마 전부터 약간 문제가 있다. 따로 코치가 없어서 밤마다 인터넷에서 궁금한 점을 해결했다. 그렇게 해서 지금 차고 있는 발목 보호대도 샀다. 조깅하는 사람들의 말로는 혁명적인 보호대라고 한다. 일주일 용돈을 흉측한 시커먼 붕대에 다 써 버리는 걸 본 엄마는 깔깔 웃었다. 가끔 엄마는 부상을 입을 정도로 심하게 달리는 이유가 뭐냐고 내게 묻는다. 엄마의 마음이 다치지 않게 대답하기가 쉽지 않다. 그래서 끊지 못하는 담배나 쇼핑 같은 고약한 버릇이라고 대답하고 만다. 엄마는 피식하고 웃는다. 진실보다 그런 엄마의 웃음이 더 낫다. 50분 3초 6부 그렇게 9킬로미터를 뛰었다. 최대 심장 박동 수의 81퍼센트까지 올랐으니 완벽했다. 중간 강도 구간이다. 컨디션은 양호하다. 필요하다면 아직 더 빨리 뛸 수 있다. 그렇다. 나는 더 속도를 높일 수 있다.

그 일이 있고 난 뒤에 나는 더 이상 치마와 짧은 웃옷을 입지 않았다. 놀러 나갈 때에도 몸을 칭칭 감았다. 부르카 정도는 아니었지만 어디에서나 통할 남녀 공용 청바지, 농구화, 스웨터, 티셔츠를 입었다. 가슴이 파인 옷과 화장, 여성성을 지나치게 강조하는 것은 다 피했다. 이런 보호 장치도 모자라 거의 군대에 가까운 생활 방식을 유지했다. 학교, 공부, 도서관, 집안일, 달리기 이틀, 다시 달리기 나흘. 우리 집에 놀러 오는 친구는 없었다. 나는 친구들과 우정을 쌓지 않기 위해 안간힘을 썼다. 나는 아무도 믿지 못했다. 가끔씩 블랙리스트에 오르지 않기 위해서 혹은 자폐아로 취급받지 않으려고 친구들과 어울리기도 했지만 누구도, 정말 그 누구도 우리 엄마가 매춘부라는 사실을 알면 안 되었다.

나는 그럭저럭 잘해 나갔다.

거의. 아슬아슬한 줄타기를 할 때도 있었다. 같은 반 여자 친구와 그 친구의 꽤 호감이 가는 남자 친구들과 영화관에 간 날처럼 말이다. 우리는 매춘부들이 길거리에 늘어서 있는 대로로 들어섰다. 그때부터 나는 긴장했다. 발걸음을 재촉했다. 남자아이들은 농담을 해 대기 시작했고, 그 농담에 여자아이들도 깔깔대며 또 다른 농담을 보탰다. *어떻게 하면 저런 신세가 되나 몰라. 어떤 남자가 저런 늙은 여자랑 자고 싶겠냐? 다 너무 아니다. 돈을 많이 받을까? 테오, 가서 한번 물어봐! 빨리, 가서 화대가 얼마냐고 물어보라니까?*

앞으로 나아갈수록 나는 분노가 신경을 거스

르는 걸 느꼈다. 화를 가라앉히느라 엄청 힘들었다. 아이들의 관심을 돌려 보기도 했다. *야, 빨리 와! 영화관에 늦겠다.* 아이들이 따라왔지만 농담은 멈추지 않았다. 아이들은 재미있어 하는 것 같았다. 그 여자들에 대해 농을 치니 스트레스가 풀리는 모양이었다. 나는 냉정을 유지하려고 노력했다. 그런데 누군가가 내 포용력의 한계를 넘어 버렸다. 그 아이는, *기왕 할 거면 난 러시아 여자랑 잘래. 러시아 여자들이 죽인다는데?* 너스레를 떤다. 나는 정상 궤도에서 벗어났다. 점점……. 그 다음은 나도 모르겠다. 나는 남자아이를 공격했다. 그 아이에게 달려들었다. 그를 밀치자 그가 넘어졌다. 손으로 치지 않았다. 발길질을 마구 해 댔다. 비명을 질렀다. *그만! 그만해! 입 닥쳐! 너희 같은 놈*

들이 저질이야! 더러운 놈들은 네 놈들이라고! 저 여자들이 아니야! 나는 완전히 정신이 나갔다. 그러다가 갑자기 아이들의 충격에 빠진 얼굴을 보고는 내가 그들의 세계에 속하지 않았다는 것을 깨달았다. 일 초 만에 학교의 호감 가는 여자아이였던 나는 돌연변이로 변했다. 그래서 나는 여느 때처럼 달리기 시작했다. 그것만이 내가 똑바로 걸을 수 있는 방법이었다. 집에 돌아오니 엄마가 일하러 가기 전에 친한 친구들과 한잔 기울이고 있었다. 나는 엄마 친구들을 훤히 꿰고 있다. 나에게는 이모 같은 존재들이다. 스테파니아, 마리아, 아니타 이모는 내 유일한 가족이다. 그런데 그날은 이모들도 짜증스러웠다. 이모들이 원망스러웠다. 나는 그들의 세계에 속하고 싶지 않았다.

그녀들을 비웃는 사람들의 세계도 싫지만, 이모들이 손님, 일, 돈, 속옷 얘기나 험담을 늘어놓으며 수다를 떠는 모습도 보고 싶지 않았다. 그날따라 이모들이 천박하고 가식적으로 보여서 견딜 수가 없었다. 이모들을 때려 주고 싶었다. 몸을 잡고 흔들고 싶었다. 내 부엌에서, 내 삶에서 꺼져 주길 바랐다.

왜 이렇게 기분이 안 좋아 보여?

엄마가 물었다. 나는 *아무것도 아니야, 피곤해서 그래,* 한다. 그러자 마리아 이모는 내게 잔을 내밀며 *그럼 샴페인 한잔해,* 권한다. 나는 열네 살인데, 내 부엌에서 대마를 피우는 매춘부들과 샴페인을 마신다. 그것이 나의 일상이다. 나는 울음과 웃음 사이에서 머뭇거린다. 어떻게 해야 하지? 가방을 싸서 사회복지국에 찾아가고 싶은 마음이다. *안녕하세요? 가출했어요. 피곤해요. 매춘부들이랑 더 이상 못 살겠어요. 저 좀 보살펴 주시겠어요? 저녁이면 맛있게 저녁상이 차려지고 질서, 많은 질서와 평온함이 있는 정상적인 삶을 제게 줄 수 있나요?* 하지만 나는 아무 말 하지 않았다. 샴페인을 한 입 마셨다. 스테파니아 이모와 건배를 했다. 이모는 서른여섯 살인데 열 살은 더 나이 들어 보인다. 엄마와 친구들은 춤을 추기 시작했다. 그들을 보고 있으면 가슴이 저리다. 하지만 그것이 나의 삶이고, 그들이 나의 가족이다. 그러니까 나는 떠나지 않는다. 나는 그들과 어울려 춤을 춘다.

심장에 조금 무리가 왔다. 시계가 최대 심장 박동 수의 92퍼센트에 도달했다고 말해 준다. 숨을 가라앉혀야 한다. 속도를 조금 늦춰야 한다. 약속 장소까지 10킬로미터 남았다. 집중해야 한다. 호흡을 가다듬어야 한다. 나의 선택에 책임을 져야 한다. 머리로 재지 말아야 한다. 이미 많이 생각했다. 그것이 사랑할 수 있는 유일한 방법이다.

엄마는 애인을 집에 데려오는 법이 없었다. 어떤 남자가 매춘부의 남자친구가 되려고 할까? 하지만 진정한 사랑이라면 그것도 가능하다는 생각이 든다. 엄마를 구출해 줄 남자는 용감해야 한다. 나는 그러지 못했다. 가끔 이젠 너무 늦었다고 생각한다. 엄마의 옛 포주인 파벨이 죽은 뒤로 엄마는 잔소리를 참지 못했다. 새벽일, 쥐꼬리만 한 월급, 으스대는 포주들을 견디지 못했다. 균형 잡힌 삶? 정상적인 직업? 엄마는 그런 걸 알지 못했다.

엄마를 평생 책임져야 한다는 생각에 나는 의기소침해진다. 하지만 그것이 분명 나를 기다리는 미래다. 엄마를 길거리에서 몸을 팔게 하면서 나 혼자 따뜻하게 살 수는 없을 것이다. 엄마를 도와야 할 것이다. 집세와 생활비를 대 주어야 할 것이고, 돈을 많이 벌어야 할 것이고, 내가 좋아하는 남자가 엄마와 엄마의 수많은 문제를 다 받아 줘야 할 것이다. 이 모든 게 걱정스럽다.

남자와 여자 사이에는 사랑이 존재하지 않는다고 오랫동안 생각해 왔다. 사랑은 가상의 감정이라고 생각했다. 부자들만 하는 것. 엄마가 속한 계층에서는 부부가 존재하지 않는다. 관계는 길어야 몇 달이고 그 이상 가는 건 드물다. 여자는 구원자라도 되는 듯 남자에게 매달리고, 남자는 걸음아 나 살려라 도망가기 바쁘다. 남자들을 이해해야 한다. 매춘부의 삶은 여자를 야만적이고 공격적으로 만든다. 두려움을 느끼게 만들고 건전한 관계의 기회를 모조리 망치게 한다.

나는 사랑으로 낳은 자식이 아니다. 나는 매춘의 자식이다. 그것이 모든 걸 가라앉힌다. 처음부터 장밋빛의 낭만적인 꿈을 죽인다. 매춘의 자식은 근사하게까지 들린다. 말은 때로 거짓말을 한다. 세상의 악취를 참 잘 감춘다. 생각하면—내 생일 때마다 생각한다—토가 나올 것 같다. 나는 쾌락을 위해 돈을 낼 준비가 된 남자와 마피아 조직원에게 시달리지 않기 위해 거래를 받아들이는 여자 사이에 생겨난 더러운 비즈니스의 결실이다. 값을 매긴 성관계라니, 더럽다. 엄마랑 이모들이 그것에 대해 하는 얘기를 많이 들었다.

여자에게든 남자에게든 매춘은 암울하다. 각자 자기 생각에 빠져 고립된다. 남자는 쾌락을 원하고, 그것이 오래 지속되기를 원한다. 여자는 그것이 최대한 빨리 끝나길 바라고 돈을 챙기길 바란다. 정말 불결하다. 그건 악취가 나고 망가진 외딴 곳에서 벌어진다. 싸구려 모텔 방, 자동차 안, 풀숲, 공공 화장실. 엄마가 하는 일을 알게 된 뒤로 나는 가능한 한 엄마의 일상을 생각하지 않으려 한다. 엄마가 그걸 한다는 상상을 할 수가 없다. 하지만 남자들은 상상할 수 있었다. 남자들은 내가 어렸을 때 봤다. 나는 왜 그들이 다시 찾아왔는지 지금도 이해가 안 된다. 그렇게 사랑을 나누는 건 치욕적이다. 다른 이의 손길을 느끼려고 돈을 내는 건 불쌍하다. 초라하다. 가끔 나는 매춘부들의 손님이 밉다. 또 가끔은 불쌍하다. 그건 엄마 같다. 엄마를 붙들어 흔들고 싶은 날이 있고, 엄마의 뺨을 때리고 싶은 날도 있다. 머리를 잡아채서 끌고 구직 센터에 가서 보잘것없더라도 위험하지 않은 일을 구해 보라고 하고 싶다. 모욕감을 주지 않는 일. 흥정하지 않아도 되는 일. 엄마가 정상적인 사회로 발을 들여놨으면! 거짓과 내 현실 사이에 나 혼자 떠돌게 내버려 두지 않았으면! 때로는 내가 하도 얌전하고 착해서 만약 더 자주 분노를 폭발시키고 변덕을 부리면 엄마가 일을 그만두지 않을까 생각도 한다. 모르겠다. 이런 비참한 돈으로 빵을 사러 갈 때면 죄책감이 든다. 무기상의 아이들도 슈퍼마켓에서 그런 생각을 할까? 어이, 나쁜 놈들의 자식들아, 너희들도 명품 옷을 입고 부끄러움을 느끼니? 때로는 머리가 터질 정도로 의심을 한다.

이 모든 것 때문에 나는 무척 외롭다. 나의 두려움과 나를 웃지 못하게 만드는 인류에 대한 혐오로 혼자임을 느낀다. 남자를 만나도 기쁨을 느끼지 못한다면 어쩌지? 괴물 같은 인간 때문에, 엄마 때문에, 가벼운 사랑을 평생 알지 못한다면 어쩌지? 시인들이 그토록 아름답게 찬양하던, 사랑하는 연인이 느끼는 행복, 그 숨이 멈추는 불멸의 시간을 모른다면?

놀란.

아침 안개 속에서 천천히 떠오르는 해를 보며 나는 그 아이를 생각한다. 입맞춤까지 넉 달이 걸렸다. 남자라면 대부분 입맞춤까지 그렇게 오래 걸리는 여자를 진즉에 포기했을 것이다. 하긴, 내가 남자에 대해서 뭘 안다고 이러지? 아무튼 놀란은 내 마음을 안심시켜 준 첫 번째 남자였다. 내 삶과 나의 온갖 걱정을 잊게 해 준 첫 번째 사람. 하지만 가끔, 그렇다, 가끔 —지금이 그렇다— 그에게 느끼는 감정을 마주하면 엄마의 이야기를 떠올리지 않을 수 없다. 엄마가 젊었을 때 아무런 두려움 없이 따라나섰던 그 건실한 남자.

더 빨리 달려야 한다. 최대 심장 박동 수의 80퍼센트까지 끌어올려야 한다. 나를 초월해야 한다. 나는 할 수 있다. 훈련을 해 왔으니까. 달리고, 숨 쉬고, 속도를 높이고, 몸을 회복하기만 하면 된다. 그 외에 다른 것은 필요 없다.

9월의 어느 날 아침, 놀란이 내 삶에 들어왔다. 그를 보자마자 나는 알아봤다. 일요일에 잔디 트랙을 뛰는 내 또래 아이들은 드물었기 때문이다. 특히 비 오는 날에는. 그와 마주쳤다. 한 번. 두 번. 세 번. 그리고 매주 일요일 아침 8시에 거의 같은 장소에서. 녹슨 파란 철교 위. 시야가 가장 탁 트인 장소에서. 놀란은 항상 똑같은 회색 후드 차림에 낡은 런닝화를 신고 있었다. 그곳 어딘가에서 방향을 바꾸는 것 같았다. 처음에 우리는 말을 섞지 않았다. 그냥 눈길만 한 번 주고 지나칠 뿐이었다.

10월이 되어서야 인사를 나누었다. 놀란이 먼저 말을 걸었다.

안녕하세요?

안녕하세요?

그뿐이었다. 그때부터 나는 자주 그를 생각하기 시작했다. 주중에는 일요일을 기다렸다. 서로를 향해 달려가서 만났던 그 찰나의 순간을. 그가 마음에 들었다. 그의 자리가 점점 커졌다. 그에 대한 상상의 나래를 폈다. 우리 둘의 운명을 써 보기도 했다. 차가운 바람과 함께 11월이 찾아왔다. 파란 철교 위에서 우리의 보폭은 점점 더 짧아졌다.

안녕?

안녕?

우리의 거리는 점점 더 가까워졌다. 입김이 느껴질 정도였다. 머리가 핑 돌았다.

11월 중순에 나는 고민에 빠졌다. *내가 착각하*

는 거 아닐까? 침묵의 벽 뒤로 하도 오래 숨어 있었더니 머리가 어떻게 된 거 아닐까? 머리가 고장 났나? 현실과 분리돼서 환상과 상상의 세계에 갇힌 건가? 어쩌면 그 아이는 날 기억 못할 지도 몰라. 나를 보고 속도를 늦춘 게 아닐지도 몰라. 전부 내가 상상한 거야. 완전히 지어낸 거라고! 나는 너무 빨리 달리는 경향이 있다. 철교를 지나쳤다가 그와 만나려고 되돌아간 적도 있었다. 내게는 그게 중요했다. 철교는 우리만의 장소였다. 철교가 나를 안심시켰다. 다른 곳에서는 놀란을 만나고 싶지 않았다.

그러던 어느 날 아침 그가 그곳에 있었다. 꼼짝 않고. 기지개를 펴고 있었다. 그를 본 순간 심장이 요동치기 시작했다. 시계는 최대 심장 박동 수의 90퍼센트를 가리켰다. 뒤돌아가야 하나? 그를 실망시킬까봐 두려웠다. 내가 충분히 흥미로운 인간이 못 될까 봐. 번드르르한 거짓말을 늘어놓는 것 말고 무슨 얘기를 할 수 있을까? 나는 속도를 늦추었다. 그는 기지개를 멈췄다. 그리고 육상 선수 같은 날렵한 몸통 아래로 두 팔을 늘어뜨린 채 나를 바라보았다. 그의 눈이 같이 뛰자고 애원하고 있었다. 그건 명령이 아니었다. 간절한 기도였다. 그의 눈에서 나는, *이리 와, 겁내지 말고, 우리는 만나야 해, 나도 겁나, 그러니까 장난치지 말고 이리 와*, 하는 소리를 들었다. 나는 숨을 크게 들이마신 다음 짧은 보폭으로 뛰던 달리기를 멈추고 몇 미터 앞에 있는 그를 바라보았다.

쥐 났어?

나 스스로에게 용기를 북돋기 위해 먼저 말을 건넸다. 내 목소리가 차갑고 공격적으로 들렸다.

아니, 널 기다리고 있었어.

그가 대답했다. 나는, 누가 날 기다린 건 우리 엄마 빼고 *처음인 걸, 맞아, 처음이야,* 하고 생각했다. 나는 우쭐했다. 걱정했다. 두 팔을 위로 뻗어서 등을 폈다. 나도 기지개를 펴는 척했다. 아무렇지도 않은 척. 언제나처럼, 거리 두기. 그는 나에게 혹시 마라톤을 준비하느냐고 물었다. 순간 나는 *맞아, 내 인생이라는 마라톤*이라고 대답하고 싶었지만 수줍은 미소로 대답을 피했다. 그가 바닥에 앉았다. 나도 그를 따라 앉았다. 우리 사이에는 뭔가 부드러운 것이 있었다. 금세 그런 것이 생겼다. 따뜻한 바람 같은 것. 그의 옆에 있으니 나를 내던지고 싶은 마음이 생기지 않았다.

나는 놀란이 좋았다. 그에게 고백하기 전에 이미 그를 사랑했던 것 같다. 그가 생애 첫 마라톤 대회를 어떻게 준비했는지 말할수록 나는 그가 내 손을 잡고 다른 이야기로 데려갔으면 하고 바랐다. 내 어머니 이야기와는 먼 곳으로. 내 가족을 바라보는 사람들의 시선에서 먼 곳으로. 나는 놀란의 이야기를 감탄하며 들었다. 그러다가 갑자기 그가 자리에서 일어나며 말했다. *미안, 이제 가야 해서.* 나는 버림받은 기분이었다. 화가 났다. 그와 함께 있으니 참 좋았는데. 그를 떠나기 싫었다. 그의 넓은 등에 업혀서 사람들에게 보란 듯이 다니고 싶었다. 머리가 헝클어진 1970년대의 페미니스트들처럼. 남자들의 어깨에 올라타서 피임과 낙태의 권리를 주장하던 그 여자들처럼. 놀란과 하고 싶은 일도 그것이었다. 나 자신을 자랑스럽게 생각하고 나도 사회의 일원이라고 느끼는 것. 하지만 아직 일렀다. 이제 겨우 서로를 알게 되었으니. 나도 자리에서 일어났다. 나는 뭐라고 말해야 할지 몰랐다. 바보처럼 굴었던 것 같다. 울고 싶었다. 속으로, *넌 저주 받았어, 한나! 너는 남자의 다정함이란 모르는 집안의 사람이잖아. 넌 그런 걸 평생 모를걸!* 하고 생각했다. 내 표정이 끔찍했는지 그가 또 보자고 말했다. 숨통이 트였다. 그는 훈련하는 요일이 언제냐고 물었다. *수요일, 목요일 저녁, 토요일, 일요일 아침.* 그는 마라톤 준비를 하는 것도 아닌 여자애치고는 훈련양이 많다고 했다. 나는 그를 잡고 싶었다. 그를 놀라게 하고 싶었다. 나를 조금이라도 전달하고 싶어서 *나는 달리기를 머리로 해, 내 마라톤은 사회에서 하는 거야,* 라는 말 같은 걸 중얼거렸다. 고집스럽고 뻐기는 말처럼 들렸다. 나는 눈을 내리깔았다. 그가 내게 질문을 던질까 봐, 나를 버릴까 봐 두려웠다. 그런데 놀란은 떠나지 않았다. 속전속결. 그는 속내를 드러내 보였다. *내 이름은 놀란이야. 열여덟 살이고. 감옥에도 갔다 왔고. 거의 그런 셈이지. 소년원에 석 달 있었거든. 다시는 돌아가지 않을 거야. 우리가 시작하기 전에 너한테 다 털어놓고 싶었어. 우리가 다시 보기 전에 말이야. 네가 날 무서워하지 않는다면 다시 봤으면 좋겠어.* 나는 고개를 들었다. 그가 내 심장에 들어왔다. 벌거벗고, 진정한 모습으로, 직행. 그는 무기를 내려놓았다. 나도 똑같이 하고 싶었다. 하지만 입이 떨어지지 않았다. 말이 혀에 걸려서 꼼짝하지 않았다. 나는 노파처럼 고개를 흔들었다. 고개를 끄덕이고는 얼굴이 벌게졌다. 입술을 깨물며 씩 웃고는, **알았어** 하고 말했다. 그게 다였다. 맞다. 그것만으로도 그에게는 충분했다. 그는 뒤돌아보지 않고 떠났다. 나에게 데이트 약속이 생겼다.

이제 2킬로미터 남았다. 약속 시간에 늦지 않을 것이다. 아까보다 긴장이 풀렸다. 차분해졌다고 할까. 컨디션이 잘 돌아오고 있다. 짧은 보폭과 긴 호흡. 연약하면서도 동시에 강하다는 묘한 느낌. 이 순간이 철교 위에 기록되었으면 좋겠다. 우리의 다리. 그가 처음 내게 입을 맞추었을 때 몸이 아래로 떨어지는 느낌이었다. 철교가 무너지는 줄 알았다. 그의 품에 안긴 채 세상이 증발하는 것 같았다. 처음엔 울고 싶었다. 엄마와 이모들은 이런 경험을 해 본 적이 없다는 걸 생각하니. 삶이 그걸 엄마와 이모들에게서 빼앗았다고 생각하니.

    사랑을.

넉 달.

입맞춤을 받아들이기까지 걸린 시간. 감수성과 배려심이 풍부한 한 여린 소년이 나를 만져도 달아나거나 물어뜯고 싶은 생각이 들지 않기까지.

처음에 우린 많이 달렸다. 조용히. 그는 말이 많지 않았고 나도 마찬가지였다. 그건 기분 좋은 일이었다. 나는 그에게 잔디 트랙 위에 있으라고, 거기에서 나갈 생각은 하지 말라고만 말했다. 그 자연의 길은 나에게 안도감을 준다. 그는 받아들였다. 내 사연이 복잡하리라고 짐작했다. 그는 항상, *서두를 것 없어, 한나* 하고 말했고, 나는 *아무것도 상처 주지 않아* 라고 들었다.

놀란 오코너. 그 아이다.

내 침묵 속에서 그는 자신의 이야기를 조금

씩 꺼냈다. 처음에 그는 시간표, 규칙, 생일 파티, 해변의 바캉스로 균형 잡힌 생활을 했다. 개학할 때 일기장 따위는 쉽게 채워서 낼 수 있었다. 그러던 어느 날 열여섯 살이었던 형이 오토바이 사고로 갑자기 죽자 모든 게 무너졌다. 그때 놀란은 열다섯 살이었다. 그때부터 그는 아무것도 느끼지 못했다. 아무것도 보지 못했다. 아무것도 신경 쓰지 않았다. 그때부터 탈선이 시작됐다. 대마초를 피우고, 길거리를 방황하고, 슈퍼마켓에서 좀도둑질을 했다. 질 나쁜 패거리와 어울리고, 마약, 맥주, 위험한 취기에 빠져들었다. 나쁜 사람들과 어울리고 나쁜 마음을 먹었다. 그는 죽고 싶었고 죽이고 싶었다. 형의 부재를 견딜 수 없었다. 그는 마음을 잡지 못했고 잊고 싶지도 않았다. 그래서 말썽을 피웠고 법원을 들락거렸다. 그러다가 훔친 자동차에서 체포되었다. 면허증도 없이 술과 약에 절어서 시속 180킬로미터로 달린 뒤였다. 소년원 3개월 판결을 받았다. *이래야 정신 차리지* 하고 판사는 말했다. 판사가 옳았다. 그것은 전기 충격과 같았다. 소년원에서 놀란은 달리기를 시작했다. 훈련을 하면서 조금씩 마음이 자유로워졌다. 소년원을 나올 때 뒤쳐진 것을 따라잡겠다고, 대학 입학 시험을 보겠다고 다짐했다. 그리고 파리 마라톤 대회에 참가하겠다는 말도 안 되는 생각에 매달렸다. 놀란은 이기려고 달린다. 살아남으려고 달린다. 그가 가깝게 느껴진다. 자신의 삶에 대해 말해 준 그에게 내 마음도 열어 보이고 싶었다. 올가와 우크라이

나의 비참한 어린 시절, 그녀가 건실하다고 믿었던 청년, 파벨, 구두 상점에 대해서 말하고 싶었다. 하지만 아무 말도 나오지 않았다. 어려웠다. 목이 바짝 타들어 갔다. 그가 나에게 긴 입맞춤을 할 때에도.

다섯 달.

그를 따라 그의 할머니 댁에 함께 가기로 마음먹기까지 걸린 시간. 그는 일요일마다 달리기를 끝내고 할머니를 뵈러 간다. 나는 한동안 그의 제안을 밀어냈다. 그의 삶에 들어가면 내 삶의 문도 열어 주어야 하기 때문이다. 엄마, 스테파니아, 마리아, 아니타 이모가 있는 부엌과 손님들에 대한 그들의 수다로 안내하는 문. 그런데 어느 날 아침, 받아들였다. 그가 내게 보여 준 미소는 내게 잔디 트랙을 벗어나서 그의 목에 긴장한 채로라도 매달려 다른 대로로 나아갈 수 있는 용기를 주었다. 내가 사는 동네로 그가 발걸음을 옮기자 나는 신경이 곤두섰다. 정신을 차리려고 노력했다. 그의 할머니가 혹시 이웃인가? 할머니가 혹시 아는 거 아니야? 나는 휘청거렸다. 놀란은 나를 꽉 잡고 있다. 그런 순간에 어떻게 그에게 '그것'에 관한 말들을 등 뒤에서 듣는 게 무섭다고 말할 수 있나? *엥? 그 갈보 딸 아냐? 우리 집에서 그건 못 받아들여. 어서 썩 꺼지지 못해, 이 행실 나쁜 년, 헤픈 년, 동네 갈보 년아!* 나는 경계를 늦추지 못했다. 매복, 소란, 언어폭력이 두려웠다. 놀란은 언제나 나를 보고 웃는다. 언제나 나를 지지한다. 빨리 도착하지 못하면 쓰러질 것 같았다.

안녕, 한나? 어서 오렴.

그의 할머니는 부드러운 목소리와 친절한 웃음으로 우리를 맞아 주었다. 나는 안도의 한숨을 쉬며 거실 소파에 털썩 주저앉았다. 나를 맞이한 건 책들이었다. 수백 권이나 되는 책이 책장에 알파벳 순서로 잘 정리되어 있었다. 균형은 좋은 냄새를 풍겼다. A부터 Z까지 정렬된 책들처럼 질서가 잡힌 단순한 삶. 할머니는 커피와 직접 구운 과자를 건넸다. 놀란은 내 옆에 앉았다. 바닐라 향이 났다. 그건 감미로우면서도 잔인한 일이었다. 이 화사한 배경에 내가 아주 잘 어울린다고 느꼈다. 이상적인 집, 이상적인 가족. 따뜻하고 섬세하고 우아하고 조용하고 편안했다. 엄마가 이 광경을 봤으면 싶었다. 엄마가 여기서 살

왔으면 좋겠다.

편히 쉬었으면.

할머니는 뭘 묻지 않았다. 놀란이 대학 입시 준비를 어떻게 하는지에 대해서만 말씀하셨다. 할머니가 직접 놀란을 가르쳤다. *어렸을 때 나쁜 짓만 하고 다녀서 놓친 걸 따라잡게 하느라* 하며 할머니가 부끄러운 듯 말씀하셨다. 나는 약간 멍했다. 집중이 잘 안됐다. 또다시 노인처럼 고개를 흔들기 시작했다. 나는 진실을 생각했다. 진실을 말해야 한다. 그를 속이지 말아야 한다. 내려놓아야 한다. 갑자기 상드라가 생각났다. 언젠가 만난 적이 있는, 또 다른 매춘부의 딸. 그러니까 엄마 동료의 딸. 왜 갑자기 상드라 생각이 났을까? 열여섯 살에 망가져 학교도 다니지 않고 환

각제에 찌들어 사는 상드라. 이가 몽땅 썩어 있던 게 기억났다. 조금만 방심해도 나를 집어삼킬 가난의 이. 이를 보면 그 사람이 가난한지 알 수 있지 않은가. 내 이는 하얗고 잘 배열되어 있다. 나는 나머지도 마찬가지지만 특히 이에 신경을 많이 쓴다. 어릴 적 치기라고 할머니는 말했다. 내겐 전혀 이해되지 않았다. 내가 나쁜 짓을 했다면 나는 끝장났을 거다. 추락할 대로 추락했을 거다. 사생아, 가난한 집 자식, 갈보의 자식들을 모아 놓은 곳으로.

괜찮아, 한나?

그가 걱정스러운 얼굴로 내게 물었다. 내가 불안한 표정을 한 모양이었다. 바닐라 향이 은은한 거실을 도대체 얼마나 떠나 있었던 걸까? 나는 웃어 보이며 생각했다. 놀란은 알고 있을 거야. 우리가 똑같은 삶의 선, 똑같은 달리기의 결승선, 똑같은 지평선에 서 있다는 것을. 내가 누구인지 그는 알고 있어.

그는 벌써 와 있다. 먼저 와 있을 줄 알았다. 그는 늘 앞선다. 그가 나를 기다리는 모습을 바라보는 게 좋다. 작은 보폭으로 다가가 깜짝 놀래 주는 게 좋다. 이 아이가 나를 얼마나 끌어당기는지 모른다. 그에게 매여 있다는 느낌이 든다. 물론 사랑으로 인한 의존이 두렵다. 아마도 나의 이야기 때문일 것이다. 하지만 그것이 또한 나를 자유롭게 하리라고 짐작한다. 이제 나는 결승선을 향해 걸어간다. 나는 몸을 회복한다. 두 팔을 벌리고 첫 태양의 기운을 마신다. 들이마시고 내쉰다. 들이마시고 내쉬고 걷는다.

엄마에게는 놀란 얘기를 하지 않았다. 정직성의 문제. 나의 이중생활이 융합될 수 없는 한 침묵을 지키기로 한다. 나는 침묵하는 데 강하다. 훈련이 아주 잘되어 있다. 엄마는 은근히 암시를 던졌다. 역시 엄마들은 사랑에 빠진 딸의 낌새를 안다.

오늘 아침에 얼굴에서 빛이 나네. 요즘은 머리 안 묶나 봐? 잘 어울린다.

엄마는 엄마 모습 그대로다. 몸을 팔고, 글을 거의 읽지 못하며, 학교 졸업장도 없고, 술과 대마초에 중독되었고, 튤립 줄기처럼 가늘다. 하지만 엄마는 나에게 집을 마련해 주었다. 화려하지 않지만 조용하고 거리의 폭력에서 지켜 주는 우리만의 아파트. 인도, 대로, 손님들, 딜러들, 인신

매매와는 멀리 떨어진 인큐베이터. 나는 사회복지국에 가 본 적이 없다. 위탁 가정이나 고아원 따위는 모른다. 엄마, 우리 엄마는 혼자서 나를 키웠다. 그것만 해도 엄마는 스스로를 자랑스럽게 여길 수 있다.

나는 내가 무엇을 보았는지 안다. 엄마가 몸을 파는 모든 여자를 대표하는 건 아니지만 그래도 우리 부엌에 수많은 매춘부가 오가는 걸 봤다. 그들을 본 뒤 말할 수 있는 건, 갈보가 되기를 선택하는 사람은 극히 드물다는 것이다. 그것은 오히려 함정, 모든 걸 무너뜨리는 심연 같은 것이다. 내가 그 목격자이며 피해자이다. 그래서 나는 아주 조심한다. 몸을 보호하는 것, 서로 지지하고 돕는 것을 여자아이들에게 가르

쳐야 한다. 매춘부를 찾지 않는 남자들 대부분이 그 필요성을 크게 외치도록 만들어야 한다. 매춘은 남자를 남자답게 만들어 주지 않는다. 오히려 그 반대다. 왜 요즘 남자들은 그렇게 말하지 않을까? 높고 큰 목소리로, 존엄하게, 남자답게 말이다!

나는 나다. 그저 갈보의 딸이다. 하지만 나는 그것이 바뀌길 바란다. 바뀔 수 있다고, 나는 확신한다. 다른 여자아이들, 다른 남자아이들도 나와 같은 생각이다. 남자의 쾌락을 위해 여자를 타락시키는 것은 바꾸지 못할 운명이 아니다. 남자아이, 여자아이, 어머니, 아이들 등 전 세계 매춘부의 숫자는 4천만 명이나 된다. 3천5백만 명의 여자가 빵 한 조각, 몸을 뉘일 방 하나를 얻

으려고, 때로는 목숨을 부지하려고 몸을 판다. 그것이 인류의 자화상이다. 괴물 같은 끔찍한 자화상. 우리가 인류의 얼굴을 다시 조각해야 하지 않을까? 다른 얼굴을 상상해야 하지 않을까? 그래서 나는 자주 꿈을 꾼다.

나는 국가에서 운영하는 집을 꿈꾼다. 매춘부들이 미움도 비난도 받지 않고 상처를 치료할 수 있는 피난처를 꿈꾼다. 자신을 존중하는 법과 자신의 능력을 믿는 법을 배우고, 직업 훈련을 받거나 글을 쓰고 읽는 법을 배울 수 있기를. 사람들의 눈에서, 남자들의 눈에서 애정 어린 시선이 되살아나기를. 나는 여자아이와 남자아이가 평등하게 교육을 받을 수 있는 권리를 꿈꾼다. 하룻밤에 남자 두 명과 키스한 여자는 예외 없이 헤프다고 낙인을 찍으면서 하룻밤에 여자아이 두 명과 키스를 했다고 자랑하는 남자아이를 부러워하지 않기를 꿈꾼다.

나는 남자이든 여자이든, 부자이든 가난하든, 똑똑하든 그렇지 않든 개인에 대한 절대적인 존중을 가장 중요한 가치라고 가르치는, 인간을 중심에 둔 위대한 학교를 꿈꾼다. 남자아이의 욕망이 여자아이의 욕망보다 앞서지 않는 학교, 비판보다는 협력이, 지배보다는 연대가 중시되는 학교를 꿈꾼다. 인간은 살해, 폭력, 질투, 지배, 강간을 빼고는 살 수 없는 짐승이며 모든 것을 파괴하는 존재라고 주입시키지 않기를. 만약 인간이 그런 존재라면 다른 동물들보다 열등할 테니까 말이다. 내가 알기론 쾌락을 느끼려고 동족을 괴롭히는 동물은 없기 때문이다.

나는 꿈꾼다. 비록 내 꿈이 단순하다고 치부할 사람들도 있겠지만 상관없다. 타인의 비판은 내게 중요하지 않기 때문이다.

나는 열여섯. 매춘부의 딸이다. 대지, 강, 바다의 딸이며, 비참함, 수치심, 나약함, 악습이 존재하는 세상의 딸이다. 내 이름은 한나 소볼레프. 나는 사랑에 빠졌다. 나는 행복한 아이, 밝은 아이, 호락호락하지 않는 아이다. 그래서 나는 고개를 높이 쳐들고 걷는다. 나는 더는 침묵하거나 방관하고 싶지 않다.

그가 나를 본다. 나를 향해 웃는다. 내 심장은 불타오른다. 나는 준비가 되었다. 오늘 아침, 나는 뒤돌아 가지 않을 것이다.

놀란이 내게 다가온다. 나를 지그시 바라보고 웃는다. 우리는 조용히 파란 철교에 이르렀다.

"얼마나 달린 거야?"

"1시간 56분. 평균 심장 박동 수를 80에서 85로 유지하면서 20킬로미터 뛰었어. 92까지 잠깐 빨리 달린 구간도 있고."

"대단한데?"

"너한테 잘 보이려고 달리는 거 아니야."

놀란이 웃는다. 그는 내 손을 잡았고 나는 숨을 고른다.

"그렇겠지. 하지만 그래도 대단해, 한나 소볼레프."

나는 겁이 난다. 놀란도 아는 것 같다.

나는 걱정 말라는 듯 놀란을 보고 웃었다.

열이 난다. 더워 죽겠다. 용기를 잃으면 안 된다. 놀란의 반응을 생각하면 안 된다.

"놀란, 중간에 내 말 끊지 않겠다고 약속해. 내가 이야기를 시작하면 내 말을 가로막지 않겠다고 맹세하란 말이야."

놀란이 그러마고 했다. 나는 그의 입술에서 나는 향이 좋다. 내 몸 주변에서 느껴지는 그의 에너지가 좋다. 구름 한 점 없다. 시작할 때가 되었다. 나는 그의 온기에서 떨어져 난간에 팔꿈치를 댔다. 멀리서 도시가 조금씩 잠에서 깨어나고 있었다. 놀란도 자리에서 일어나 내 옆으로 다가와 도시를 바라본다. 나에게 용기를 북돋아 주는 그가 느껴진다. 그가 나를 기다리고 있다는 걸, 그도 나처럼 준비가 되었다는 게 느껴진다.

나는 숨을 크게 들이쉰 다음 잠시 호흡을 멈췄다가 시작했다.

노인이 된 기분이다. 망가진 느낌.
내 또래 여자아이들과는 아주 다른 느낌.
내 이야기의 출발점, 내가 다른 여자아이들과 다르다는 느낌을 받았던 바로 그 순간으로 돌아가면, 언제나 똑같은 사진이 인화된다.

『나는 …의 딸입니다』를 옮기고 나서

먼저 이 책의 제목에 대한 설명이 필요할 것 같다. 책의 원제는 『Une fille de…』로, 우리말로 하면 '…의 딸'이다. 여기에서 '…'이 가리키는 것은 프랑스어로 'pute', 즉 매춘부이다. 원래 이 표현은 '딸'이 아닌 '아들'을 사용해서 쓰는 욕설이어서 'fils de pute'로 쓰고, 이를 영어로 번역하면 'son of bitch' 정도 되겠다. 일상적으로 많이 하고 듣는 욕설이다. 그런데 저자가 일부러 '매춘부'라는 말을 생략한 이유는 무엇일까?

매춘은 청소년 소설에서 다루기에는 매우 무거운 주제이다. 이 직업군에 관한 우리의 편견이 존재하기 때문이다. 그렇다. 『나는 …의 딸입니다』는 편견에 대한 소설이다. 그 편견은 매춘부 당사자뿐 아니라 그 가족에게까지 내리꽂힌다. 한나는 자신의 엄마를 비난하는 우리에게 당신들의 아버지가, 남편이 바로 엄마의 고객인 것을 아느냐고 묻는다. 엄마가 납치를 당해 매춘부가 되었을 때, 미성년자인 줄 알면서도 도움의 손길을 뻗는 고객은 단 한 명도 없었다면서 비정한 사회를 탓한다. 물론 이 책이 매춘부를 옹호하는 것은 아니다. 다만 인간이 인간답기를, 적어도 위선에서 벗어나기를 요구한다.

프랑스뿐만 아니라 우리나라에서도 성매매는 심각한 사회 문제이다. 여성가족부가 실시한 〈2016 성매매 실태조사〉 보고서에 따르면, 설문에 응한 한국 남성 중 절반 이상이 평생 한 번 이상의 성 구매 경험이 있는 것으로 나타났다. 최근에는 한 지자

체에서 성매매 여성이 다른 경제 활동을 하면서 살아갈 수 있도록 지원금을 지급하겠다고 하자 반대 여론이 거세게 일었다. 그 돈을 일자리를 구하지 못한 건실한 청년들에게 나눠 주는 것이 훨씬 낫다는 주장이다. 누구의 말이 옳은지 판단하기는 쉽지 않지만, 우리 사회가 최하층에 속하는 성매매 여성들을 어떤 시선으로 바라보는지 알 수 있는 대목이다.

『나는 …의 딸입니다』는 아픈 소설이다. 현실의 문제를 해결할 수 없는 한나는 달리기 시작한다. 그것은 울부짖음이다. 이 책은 한나를 통해 사회가 보듬어야 할 약자가 보호받지 못할 때 어떠한 고통 속에서 살게 되는지 낱낱이 그려 낸다. 다행히 무력했던 한나는 희망의 불씨를 만난다. 달리기를 통해 진정한 자신을 찾아가는 한나의 모습은 페미니

즘과 맥락을 같이 한다. 한나가 남자친구 놀란을 만나 사랑하는 모습은, 여성의 적은 남성이 아니라 '비뚤어진 남성성'임을 깨닫게 한다.

한나가 꿈꾸는 사회가 바로 우리가 꿈꾸는 사회일 것이다.

"하룻밤에 남자 두 명과 키스한 여자는 예외 없이 헤프다고 낙인을 찍으면서 하룻밤에 여자아이 두 명과 키스를 했다고 자랑하는 남자아이를 부러워하지 않기를 꿈꾼다. …… 남자아이의 욕망이 여자아이의 욕망보다 앞서지 않는 학교, 비판보다는 협력이, 지배보다는 연대가 중시되는 학교를 꿈꾼다."

서교동 작업실에서, 권지현

Une fille de …
by Jo Witek
Copyright ⓒ Actes Sud, France, 2017
Korean Translation Copyright ⓒ Seedbook Publishing Co. Ltd., 2018
All rights reserved.
This Korean edition was published by arrangement with Editions Actes Sud,
S.A.,(Arles, France) through Bestun Korea Agency Co., Seoul

이 책의 한국어판 저작권은 베스툰 코리아 에이전시를 통해 저작권자와 독점 계약을 맺은
㈜씨드북에 있습니다.
저작권법에 의해 한국 내에서 보호를 받는 저작물이므로 무단 전재와 무단 복제를 금합니다.

나는 …의 딸입니다

1판 1쇄 발행 2018년 11월 30일 1판 2쇄 발행 2020년 8월 25일
지은이 조 비테크 옮긴이 권지현
펴낸이 남영하
편집 장미연 이신아 디자인 박규리 마케팅 김영호
종이 세종페이퍼 인쇄·제본 ㈜갑우문화사
펴낸곳 ㈜씨드북 등록 제2012-000402호
주소 03149 서울시 종로구 인사동7길 33 남도빌딩 3F
전화 02) 739-1666 팩스 0303) 0947-4884
홈페이지 www.seedbook.co.kr 전자우편 seedbook009@naver.com
인스타그램 instagram.com/seedbook_publisher
페이스북 facebook.com/seedbook.kr
ISBN 979-11-6051-232-8 (73860)

책값은 뒤표지에 있습니다. 잘못 만들어진 책은 구입하신 서점에서 바꾸어 드립니다.

이 도서의 국립중앙도서관 출판예정도서목록(CIP)은 서지정보유통지원시스템 홈페이지(http://seoji.nl.go.kr)와 국가자료공동목록시스템(http://www.nl.go.kr/kolisnet)에서 이용하실 수 있습니다.
(CIP 제어번호: CIP2018036834)

SEED MAUM
㈜씨드북의 뉴스레터 SEED MAUM을 구독하시면 다양한 신간 정보와 독자 여러분을 위해 준비한 특별한 콘텐츠들을 받아 보실 수 있으며, 구독자만을 위한 각종 이벤트에도 참여하실 수 있습니다.

http://bit.ly/2jF0Jlv